„sprich nur ein wort,
so wird meine seele gesund"
(Matthäus 8,8)

jo schäfer [hrsg.]

sylka kramer

geschenkte erinnerungen

wenn du erschöpft bist und müde

Bibliografische Information
der Deutschen Nationalbibliothek:
Die Deutsche Nationalbibliothek verzeichnet diese Publikation in
der Deutschen Nationalbibliografie; detaillierte bibliografische
Daten sind im Internet über http://dnb.dnb.de abrufbar.

Herausgeber: Jo Schäfer
Umschlagfoto: Beate Wand
Layout: Lars Gawronsky
Herstellung und Verlag: BoD – Books on Demand, Norderstedt
ISBN: 978-3-732-29409-1

eingang

wandelgang

ausgang

dank david hawkins, stefan kramer

gewidmet allen namen des lebens
alex, alfred, almut, amoll, anagarika, anda, andreas, angelika, anja, anke, annette, antje, arjan, arnold, astrid, axel, ayya, barbara, beate, berta, birgit, birgitt, blau, bodhi, brigitte, bruni, carina, carola, carsten, catherine, chögyam, chökyi, chris, christa-luise, christel, christian, christina, claudia, conny, damaris, daniel, david, ddur, dirk, dorothea, eckehard, eckhart, else, emily, ester, eva, fatih, fladen, flora, florian, frank, franziska, friederike, fynn, gabriel, gabriele, gerda, gerhard, gertrude, gesine, gita, gitta, günther, gyatso, hainbuche, hannah, hannelore, harald, hark, hartmut, hedwig, helge, helmut, hendrik, henning, henry, hiltrud, horst, hovhannes, igor, ilja, ilka, ilse, inga, ingrid, irina, irma, irmgard, jack, jan, jana, jean-paul, joachim, jonas, jörg, josef, jürgen, kaccayana, kaffee, karin, karla-maria, katharina, kathrin, katze, ken, klaus, kutte, lars, leonard, lilie, manfred, margret, marc-andré, maria, marie-elisabeth, martin, martina, matthias, meike, meinhold, micha, mikesch, milarepa, mohandas, monika, nele, nelson, nicole, nicoll, nikola, nyanabodhi, patrick, paul, peggy, peter, rainer, raphael, regina, reinhard, renate, rené, richard, rodney, rosali, rose, roswitha, rübe, sabine, sarah, schnee, sebastian, shunryu, silke, smilla, sönke, sogyal, stanislav, stefan, susanne, sven, tama, tee, teresa, thea, theresa, thilo, thomas, timo, tobin, ulf, valter, vivien, volker, wilhelm, wladimir, xaver, yildiz, yvonne, zoe

eingang

wenn du erschöpft bist und müde

wenn du erschöpft bist und müde
und dir sagst, dass du das einfach
nicht kannst: das leben

dass alles zu viel ist und dir
am morgen schon der kopf schwirrt
nicht hinterher zu kommen

dann möchte ich dir erzählen
von einer zeit, in der die sonne
am abend noch unterging

und die straßen der stadt ruhten
vom lärm, von neonfarben
und laternenlicht

eine zeit, in der die post
zwei wochen brauchte und ein
telegramm unerschwinglich war

die finger sich in schreibmaschinen-
tastatur verklemmten und
blaupapier die durchschläge schrieb

das waschbecken zur katzenwäsche
einlud und zum faxen machen
vor dem spiegel

eine zeit, in der das plumpsklo
über dem hof den nachttopf
unentbehrlich machte

und großmutters
stofftaschentücher
feine monogramme zierten

der kachelofen sich zwei stunden
zeit ließ am morgen die kälte
aus den gliedern zu vertreiben

und das wasser für den kaffee
erst kochte, als der herd
mit holz gefeuert war

es war eine zeit, in der morgens
die milch kam und es gab nur diese
eine sorte milch

und die jahreszeiten die tage
bestimmten, die heidelbeeren
und die einmachgläser

eine zeit der telefonzellennächte
voll frost und
liebesgeflüster

und kein weg durch die endlose
stadt zu weit, den liebsten
zu fuß zu erreichen

wenn du erschöpft bist und müde
und dich fragst
wie das sein kann, das leben

dann wisse, dass das herz
noch immer denselben
langsamen rhythmus schlägt.

wandelgang

das denken niederlegen

das denken
niederlegen am fluss

tausend gedanken
niederlegen

ins gras, am ufer
am fluss des lebens

der ganz von selbst
kommt und geht

gleichmäßig fließt
auch ohne gedanken

wie blätter im herbst
fallen lassen

die gedanken hinein
in das wasser

das sie fortträgt
mit dem fluss der zeit

kommt alles zur ruhe.

wandlung

erhebe die augen
wanderer

wandelnder
auf boden und wasser

und sich selbst
wandelnder

es ist zeit!

die sonne scheint
tag und nacht

auch wenn du sie nicht
siehst, scheint sie

ganz selbst-
verständlich

wie auch die sonne in dir
„kleinem weltall" scheint

zu wandeln scheint

den wandelnden, der du
mensch bist.

schwingung

gespanntsein
wie ein ruhender bogen
bereit dem pfeil zu dienen

gespanntsein
wie eine ruhende saite
bereit zu erklingen

überspanntsein
reißt, zerreißt das leben

erschlafftsein
lähmt, erlahmt das leben

schwingung braucht
das rechte maß
zur rechten zeit

und ruhe
zum schwingen können
und leben.

vollkommen

ich bin vollkommen
in allen schmerzen und leiden

allem großen und kleinen
in aller hoffnung und ohnmacht

ich bin vollkommen

wenn ich wach mich fühle
müde und verloren

traurig, zermürbt, verwirrt
lebendig und klar

wenn ich mir wertlos bin
unwürdig, belanglos, vertrauend

ich bin vollkommen

in aller ausweglosigkeit
in angst, zweifel, mut

wenn ich zerbreche und heile
aufstehe und untergehe

wenn ich geliebt mich fühle
gehalten, geborgen, verlassen

ich bin vollkommen

wenn ich an mich glaube
durch den tag springe

am boden liege
sehne und weine

wenn ich lache und schreie
und alles tut mir dabei weh

bin ich vollkommen
vollkommen mensch.

herausgerissen

sind die wurzeln
herausgerissen

aus dem grund
der sie nährt und hält

und hängen sie
kopfüber in der luft

lernen sie
in den himmel

zu wurzeln.

fliegen

du kannst fliegen
weißt ganz genau
wie das geht
auch am tag noch
wenn du nicht mehr
wie im traum
zu fliegen vermagst

ich staunte
denn auch ich
kann fliegen
weiß ganz genau
wie das geht
und traute mir nie
es zu sagen.

mutig

wagemutig
bin ich

nehme die treppen
hinauf im lauf

der sturz kommt
nicht

ich habe flügel.

geirrt

verloren
hatte ich
den faden

aus der hand

im irrgarten
blieben
viele wege

einer war rot

ich folgte
dem grünen
ins blaue.

glauben

ist nicht
berge versetzen
meere durchqueren
dornen entzünden

ist
einen schritt wagen
einen nur
nach vorn

der tisch ist bereitet
das licht wartet
in mir.

die singende stimme

die sterne scheinen klarer
und der mond
flüstert nicht mehr

die wispernden
gräser hüllen sich
in schweigen

kein schatten folgt dir nach
und keiner fliehet vor dir her

so mache dich auf
wanderer der nacht

die singende stimme
zu suchen

die niemand mehr
kennen will.

suchen

eine melodie
der fluss ist tief

es liegt ein stein darin
in der abendsonne

glänzt er golden.

grenzsteine

grenzsteine
markieren den weg

ich ruhe mich aus
auf ihnen

gehe weiter
hinaus.

stein am strand

behalte
den stein

zum spielen

du brauchst
das meer

in der hand.

horizont

lebe
weiter noch

als die horizontlinie
das auge verblendet

das weite
ist weiter noch

dahinter.

tempi

lidschlag
um lidschlag

atemzug
um atemzug

das ohr wartet
auf eine pause.

inne halten

siehst du schnell
schnell schnell
dich laufen

halte inne

gehe
einen schritt
zurück

halte inne

gehe dann
langsam
achtsam

schritt für schritt
den weg
noch einmal

halte inne

gehe noch
einen schritt
zurück

und siehe: du bist da!

nicht jeden tag

frage
nicht jeden tag

nach den neuen
dingen

die nacht
weiß es besser.

in ruhe

der geist
ist unruhig

flieht von hier
nach dort

flieht
zum nächsten

flieht

die seele aber
ruht unter den apfelbäumen.

wirken lassen

werke wirken
lassen

wirkt in mir
das wirkende

wenn ich verwirkt
müde des wirkens

vergesse das wirken
lassen.

mit dem leben gehen

mit dem leben gehen
heißt mit der sonne gehen

mit den winden und stürmen
den nächten, den tagen

mit dem leben gehen
heißt mit den jahreszeiten

verwelken und untergehen
aufblühen und weitergehen

auferstehen und wachsen
und sterben und auferstehen

und mit dem leben gehen.

quellen

da war eine quelle
bevor

die wüste
wüste ward

ich suche
die wüste

quellen gibt es viele.

ein trostlos

trost-lose sind lose
die an der bude vertrösten
auf ein weiteres frei-los

ungeachtet dessen, dass auch
das nächste ein tröstendes los
oder eine niete sein kann

tröstungen rufen nach glück
und nach unglück: wie schlimm!
wie schrecklich! entsetzlich!

werden zu trostlosigkeiten
wenn sie tränen trocknen
statt fließen zu lassen

diese hellen, klaren
leuchtenden himmelsboten

welche zum heilen
und lichten und klären

den fluss brauchen
den lebensfluss

und kein taschentuch
in dem sie verdursten.

der körper ist klüger

wenn der kopf nicht lassen kann
von all den vielen dingen

einfach nicht loslassen kann
so angefüllt und beschwert

vergessen zu haben scheint
wie das geht, das loslassen

und die erinnerung fehlt
was das ist, leichtigkeit

dann lerne von dem
der klüger ist, tag für tag

der sich nicht zu erinnern braucht
weil er nicht vergessen kann

wie das ist, das erleichtern
das loslassen, entleeren

von all den vielen dingen
die ihn füllen, beschweren

dann schaue diesem einen weisen
einfach zu: beim täglich scheißen.

und jetzt?

den kopf geleert
das blut strömt weiter

was soll ich tun
was soll ich sein

handlung, wirken
leer ist der raum

die vögel zwitschern
jedes jahr neu.

tagwelt

wo die nacht
dich auch bettet

der tag ist immer
auf der welt

nur eine hand breit
entfernt

im traum
begleiten dich

beide:
tag und nacht und welt.

löcher

die regenrinne am dach
hat löcher

wer darunter steht
bleibt trocken

wenn die sonne scheint.

nackt bis auf die knochen

nackt bis auf die knochen
am ganzen körper bin ich bloß

da ist kein glauben, kein hoffen
das mich trägt

nur die wellen
tragen mich hinauf, hinab

und unter mir ein floß
aus überlebensplanken

und doch wächst da ein teppich
aus feinstem grünen moos

den freunde mir
aus liebe sandten.

kurs halten

halte den kurs am tag
und bei nacht

wenn du müde bist
geh vor anker

und lichte den anker
wenn der wind dich ruft

setze die segel
und halte den kurs.

frieden sein

zum frieden suchen
braucht es verweilen
inne halten, schauen

den baum, der wächst
das kind, das spielt
den hund, der bellt

die wärme der tränen
die schlafenden lider
inmitten des friedens

das schauen, lauschen
inne halten braucht mich
zum frieden leben

selbst inmitten des krieges
wächst der baum
atmet der mensch

seit tausenden von jahren
ist es an mir zu wachsen
zu atmen

zu frieden.

atmen

wenn ich dich atme
mich in dir
und dich in mir
atme ich

wenn ich weiter dich atme
dich in mir
und mich in dir
weite ich mich

wenn ich weiter mich weite
gebe ich raum
dir in mir
mir in dir

so öffnet sich
nicht nur der raum
wir werden weiter
raum, der wir sind.

nieselregen

nieselregen
feiner

die brille
ein vorhang

der schleier
ein hauch

die augen
sind nicht trübe.

bitten

bitten um die öffnung
des herzens

um das weiten
das lichte

um die milde
sanftheit, sanftmut

bitten um die weitung
des herzens

dass es milder werde
lichter, durchlichter

offen für alles
offenbarwerden

für alles bitten
bitten

und das herz.

dichte wolkendecke

wenn die wolkendecke
gleichmäßig dicht ist

gleich grau am tag
gleich schwarz bei nacht

navigieren keine sonne
keine sterne

auf dem weiten ozean

wie einen kurs finden
wie einen kurs halten

wenn da kein kurs ist
nur wolkendecke, dichte

und kein kompass
kein sonnenstern

auf dem unendlich weiten ozean

an bord bleiben
bis der körper erlischt
oder land in sicht kommt
oder ein sonnenstern.

das wieder

als der stern
geboren ward
sangen vögel
und tag und nacht
ein lied

als die sonne unterging
weinte die zeit
weil die strahlen
verloren
sie glaubte

als der morgen
sich streckte
ins nächtige tal
sangen die vögel
erneut ein lied.

sehnsucht nach dem paradies

als die kraft nicht weiter reichte
als bis an den rand der schlucht

den steilhang hinabzuschauen
und niederzusinken auf harten stein

der blick in wiesen, bäumen
voll äpfeln, birnen, mandarinen

hängen blieb und die kraft
nicht reichte für noch einen schritt

war da kein freudenschrei
dass lang ersehntes sichtbar

nahe lag, nur bitterliches weinen
dass nun die kraft nicht reichte

für noch einen schritt
zum kühlen schatten dieses hains

dessen kraft doch weiter reicht
als nur bis an den rand.

verflogen

verflogen
der vogel

das glas
zu hart

der aufprall
sekunden

dann: weiter
geflogen.

lichten

beginnt
mit dem, der
vom licht erzählt

geht weiter
mit dem, der
licht ist

und endet
mit dem, der
licht bleibt.

weit - weit - weit

wenn du jeden tag inne hältst
in den himmel zu schauen

und dem herzen zeit lässt
in diese namenlose weite

sich hineinzuwohnen
hineinzuweiten

ja, hineinzubehausen

wird dieser himmel dir
ein zuhause sein

auf dass in jedem inne halten
du weiter himmel wirst

und weiter noch
als du längst schon

weit - weit - weit

himmel bist.

frieden

frieden ist
dass ich sein darf
wie ich bin

ohne dass mich
jemand anders
haben möchte

ohne dass ich
mich anders
haben möchte.

dämonen

ich habe heute
den dämonen
die liebe erklärt

sie haben angst
die dämonen
vor der liebe

also habe ich
der angst
die liebe erklärt

in ihrer angst
haben nun
die dämonen
eine geliebte angst

und haben mehr liebe
als wenn ich heute
den dämonen
die liebe erklärte.

gütig sein

wenn ich hochmütig bin
kommt die demut
nicht an einem tag

wenn ich grobschlächtig bin
kommt die anmut
nicht an einem tag

wenn ich zornig bin
kommt die sanftmut
nicht an einem tag

wenn ich ungeduldig bin
kommt der langmut
nicht an einem tag

wenn ich ängstlich bin
kommt der wagemut
nicht an einem tag

wenn ich überdrüssig bin
kommt die armut
nicht an einem tag

wenn ich verzweifelt bin
kommt der lebensmut
nicht an einem tag

nicht an einem tag
wächst milde güte
doch tag für tag.

herbst

das grün im herbst
ist nicht das grün

aus frühjahr
und geburt

das alte laub
ist im herbst

noch frisch
gefallen.

geduld

alles
wachsen
lassen

die pflanze
das kind
das leben

entfalten
gedeihen
lassen

nicht ziehen
nicht groß ziehen
erziehen, entziehen

sondern lassen
wachsen
alles

auch die geduld.

jedes wort

jedes wort
ist ein möbel
vor dem fenster
durch das licht fällt

jedes wort
ist ein gegenstand
zu viel
im haus

jedes wort
trennt mich
von dieser einen
gegenwart.

nirwana

ich gehe die schritte achtsam
ich schließe die tür achtsam

ich liebe

das himmelreich lebt in mir
nirwana hat sich aufgelöst

kein greifen
kein haften

ich liebe

todloses neigt sich

boden bin ich
türklinke bin ich

leben, das nie war
leben, das nie sein wird

jetzt ist der tag

ich liebe.

zart

ja, der frühling
ich kenne ihn

seit jahren
nicht

du, knospe
zart.

milde

der zärtlichkeit
nachgehen

der wärme
nachgehen

bleiben
wo sanftmut ist

bleiben
wo frieden ist

freude nähren
lachen wahren

tränen zeigen
berühren lassen

milde, milde, milde.

frühling

erinnern wir uns
dass die krokusse blühen
und wir stehen bleiben

erinnern wir uns
dass die blaumeisen zwitschern
und wir inne halten

erinnern wir uns
dass die frühlingssonnenstrahlen
neu uns lieben lehren

erinnern wir uns
zu bleiben, zu halten
zu lieben, einander.

augen-blicke

es gibt sie - die augenblicke
voll stillem geheimnis

es gibt sie - die märchen
die leben erzählen

es gibt sie - die gräser
die weisheiten flüstern

auch dir, die du nicht gehen kannst
hin zu ihnen, den weisen

lass den körper in die natur bringen
und die geschichten ans bett

dann kommen auch die augen-
blicke ganz von selbst.

acht winde

ausgesetzt bin ich
den acht winden

süden, norden
osten, westen

dem inneren wirbel
dem um mich herum

dem über mir
dem unter mir

alle zerren und jagen
heulen und rütteln

an zäunen, mauern
festungen der haltbarkeit

mögen sie einbrechen in mich
mich vernichten in allem

auf dass ich wind werde.

wetter

mich in die sonne halten
mich licht als sonne

wahrnehmen, wahren
und wahrhaft sonne sein

mich in den wind halten
mich geist als wind

wehen lassen um die nase
und frischer wind sein

mich in den regen halten
mich mensch als regen

fließen lassen in tränen
und rein waschen

herz, licht, geist
auf dass alles frei werde

und bereit sich hinzuhalten:
sonne, wind, regen.

zu jedermanns füßen

wo ist die asche, die ich war
zu jedermanns füßen

wo ist der wind, der mich trug
zu jedermanns füßen

wo ist die frage, die mir blieb
zu jedermanns füßen

die asche, der wind, die fragen
haben sich aus dem staub gemacht

gedanken, die gewesen waren
sind nicht mehr

gedanken, die nicht sind
sind nicht

gedanken kommen von gedanken
nicht.

nackt und bloß

alles, was ich tue
ist aus einem
nackt und bloß

ich bin nichts mehr
ich werde nichts mehr
sein

es geschieht
in diesem augenblick
geschieht es

aus schmerzen
ein haus
ohne wände

nicht wand
noch haus
noch schmerz

bin ich
aus einem
nackt und bloß.

wachen

wachen
am morgen, am abend

mit offenem herzen
mit offenem herzen

die nacht sei nacht
in ruhe, licht

atmen, wachen

erinnern das leben
das herz, immer wieder

das herz, das offene
wachen.

das licht bei nacht

sich schlafen legen
im schein einer kerze

dass sie weiter wacht
und leuchtet ins herz

bittet um das licht
in traum und schlaf

und aufwachen
im schein einer kerze

erinnert an die bitte
und das wachende licht

lässt die langen nächte
heller werden

und das erwachen.

erwache

wachsendes, erwachsendes
samenkorn, menschenkind

die hingeschlafenen
lehrten dich müdigkeit

lehrten das dämmerlicht
das traumwandlerische

trügerisch leichte träumen
das mit seinen alpträumen

den halbschlaf gefangen
hält im zwischenland

erinnere dich, samenkorn
wachse, erwachse

wache, erwache
aus der vergessenheit

erinnere dich des klaren
lichtes, aus dem du kommst

erinnere dich des lichtes
in das es zu wachsen gilt

erinnere dich, du same
im dunklen erdenreich

erwache zu wachsen
erwache zum licht

menschenkind
erwachse.

wachsen

wenn der frieden
die frucht eines baumes ist

braucht es einen baum
der frucht bringen
und wurzeln kann
und wachsen

braucht es einen grund
in den der baum
wurzeln kann
und wachsen

braucht es einen himmel
in den der baum
wurzeln kann
ja, wurzeln

und wachsen.

stille am morgen

die stille halten
am morgen
inne halten

gründen den tag
auf die haltung
am morgen

die lebenshaltung
die stille
das innehalten

am morgen
gehalten, gegründet
in stille

atmet der tag.

türspalt

das licht
fällt herein

durch den türspalt
sehe ich

eine alte hand
am schreibtisch

leise die feder
in ihr

bewegt sich
noch immer.

das alter

die kartoffeln
schälen sich

langsam

früher
war auch ich

einmal jung.

was ist glück?

der reißende fluss
der ausgetrocknete

der plätschernde
der langsame, schnelle

der breite, schmale
der behäbige, der sprudelnde

in einem gewitterguss
in einer trockenzeit

was ist glück?

und warum kann demut
eine brücke sein?

eine brücke
den fluss zu schauen

wie er ist, nicht anders
haben zu wollen

eine brücke zum leben
lebendigsein einüben

mit der demut und durch sie
einfach nur das wasser zu schauen

und den fließenden fluss
fluss sein zu lassen

ist glücklich sein inmitten
und frieden erfahren

in allem lassen
und staunen können

über das reißende laute
das dürre leise

ja, demut ist eine brücke
zu dem einen glück:

staunen.

himmel und erde

als ich ging
ging ich weit

über das wasser
und ließ die erde hinter mir

als ich ging
ging ich weit

zum horizont
und ließ den himmel hinter mir

jetzt gehe ich
und die füße

setzen hart
auf steine und sand

jetzt gehe ich nicht mehr
über das wasser

sinke nicht ein
und ertrinke nicht

jetzt gehe ich nicht mehr
bis zum horizont

tauche nicht ein
und verliere mich nicht

jetzt gehe ich
schritt für schritt

am weiten meer
entlang

blick für blick
zum horizont

die füße getragen
vom sand.

schnee

schnee
küsst das gesicht
ganz sacht

wenn ich es
in den himmel
halte.

himmel

blütenblätter
farben

der himmel darin

wie kann ich
sein

ohne himmel
ohne darin

blütenblätter
bin ich

himmel.

frühmorgens

der wecker
steht oft

früher auf

das nachthemd
will noch

unter der decke
bleiben

der tag grüßt die nacht

der lauf
folgt der natur.

sanduhr

der sand
zeigt die uhr

in der sonne
blinken

schaumkronen

die zeit
vergaß

sich selbst.

wehen

weht das herz
übers feld

weht der wind
im haar

diesseits.

wir haben flügel

wir haben flügel
doch nicht jeden tag

doch nicht jeden tag
nutzen wir sie

nutzen wir sie:
wir haben flügel.

quitten

quitten
hände voll duft

überraschendes
aus köstlichkeit

zum harten leben.

leben

was gibt es zu tun?
ich weiß es nicht

die walnüsse sind reif
und auch der wein

und die sonne scheint mir
dankbar ins gesicht.

die zeit

fragtest du mich nach der zeit
teilte ich sie gewöhnlich mit

der uhr in stunden
minuten, sekunden

und geteilt wurde die zeit
zerschnitten

und ihr schmerz blieb
verborgen

bis ich sie aufgab, die teilenden
stunden

und entdeckte
das wandern der sonne, des mondes

aufgang, untergang, dämmerung
schatten in länge und breite

und entdeckte
das wachen und schlafen der tiere

das öffnen und schließen
der blüten

das trocknen und taunass
des bodens

und die zeit heilte
wie eine alte wunde

fragtest du mich jetzt nach der zeit
kann ich dir sagen: sie ist ganz

und gar im gesunden bereich.

dort, wo ich wohne

die sonne kündigt sich langsam
in dämmerung

dort, wo ich wohne
sind stunden unbekannt

dort, wo ich wohne
ist zeitlos immer zeit

dort, wo ich wohne
bleiben die sterne

alles fließt im licht
werden und wachsen

der garten kennt
die sprache der natur

die sonne, den mond
ihren lauf, ihre bahn

den regen, den wind
frost und tau und liebe

dort, wo ich wohne
ist weder uhr, noch zeiger

dort, wo ich wohne
ist tag tag, nacht nacht

dort, wo ich wohne
wohne ich

im einklang
mit der dämmerung.

ausgang

weil du erschöpft bist und müde

wasche das gesicht mit wasser
schließe die augen, atme

atme - atme

und lausche dem atem
wie er kommt und geht

ganz von selbst das herz schlägt
auch dann, wenn du müde bist

und erschöpft in allen gliedern
atme und bleibe im atem

einen moment lang
nur diesen einen atemzug

und lausche der stimme
des atems, des herzens

einen moment lang, höre
auf das, was sie zu sagen hat

was sie sehnt, vermisst, erhofft
was sie wünscht, träumt und liebt

und atme - atme

und dann: mache dich auf
allen zu erzählen

dass du von nun an
nur noch einer stimme folgst

der einen, die im herzen spricht
von atemzug zu atemzug

weil du erschöpft bist und müde.